詩集

見えない涙

若松英輔

亜紀書房

見えない涙

目次

燈火

あなたと出会って
わたしが
最初に手にしていたのは
悲しみの種子でした
ようやく
めぐりあうことができた
あの瞬間に
いつか必ずやってくる
別れもまた
与えられていたのです

あなたが逝った
あの日から
その一粒のうえに
見えない涙を
毎日
注いでいます
見えますか
焔《ほのお》のような
深紅の花が
咲きました

今日は誕生日
でもあなたは　もう

歳をとらない
それでも
何かをしたいと思うけれど
いま　贈ることができるのは
砕けた心と
あなたが好きだった詩人も愛した
この一輪の
薔薇の花だけ

不思議です
消えようとしない痛みは　いつしか
人生という
舟を運ぶ波となり
わたしのからだは

嘆きの風を受ける
帆になりました
ああ　花弁が燈火《ともしび》となって
あなたのいるところへと
導いてくれているのがわかります

風の電話

海の見える高台に
白い電話ボックスがあって
そこに
配線の切れた
黒電話がひとつ
岩手県上閉伊郡大槌町にある
風の電話

受話器をとり
耳にあてても

何も聞こえない
でも
訪れる人は皆
亡き者たちにむかって
話しかけようとする

人が
何かを語るのは
伝えたいことがあるからではなく
伝えきれないことがあるからだ
言葉とは
言葉たり得ないものの
顕《あら》われなのである

だからこそ
語り得ないことで
満たされたときに
人は
言葉との関係を
もっとも
深める

嘆き
呻《うめ》き
涙して
言葉を失ったところで
ようやく
死者たちの

語らざる声に気が付く

どんなに
悲しんでもいいけど
あまり
嘆かないで
わたしの声が
聞こえなくなるから

悲しんでもいいけど
顔をあげて
あなたにはわたしが
見えないいけど
わたしには

あなたの姿が見えるから

悲しんでもいいけど
ぜったいに
ひとりだとは
思わないで
いつもわたしは
あなたのそばにいるから

生者たちよ
語ろうとする前に
亡き者たちの声を聴け
祈りのとき
彼方から訪れる

無音の響きを聴くように

記念日

今日は記念日
あなたとわたしが出会った日
いっしょにお祝いをしたいけれど
あなたがいるところへは
行けないから
いくつかの言葉を贈ります

ぜったいに独りにしない
そう約束したのに
突然

逝ってしまったあなたへ
かなしみという
藍色の切手を貼って

この
見えない手紙が届いたら
受け取ったよと
ひとこと
夢でもいいから
声を聞かせてくれるのでしょうか

今日は記念日
わたしがあなたに　おもいを告げた日
いっしょに何かをしたいけど

あなたがいるところへは行けないから
いつの間にか　心のなかで育っていた
嘆きの真珠を贈ります

苦しいときはいつもそばにいる
そう約束したのに
突然
逝ってしまったあなたへ
窓から差し込む
光にのせて

この
見えない荷物が届いたら
受け取ったよと

すこしだけ
幻でもいいから
姿を見せてくれるのでしょうか

楽園

彼らがもう
人前で
声を出して泣かないのは
どんなに大きくわめいても
亡き者たちに届かないのが分かっているから

でも彼らが
ひとりでいるときに
うめくのをやめないのは
どんな小さな魂のふるえも

死者たちが見過ごさないのを知っているから

かなしみは
生者と死者が
出会う場所
悲愛という名の
楽園

ヒトから人へ

おもいをこめて
愛する者に
花を贈ったとき
ヒトは
獣性を脱した
そう語った思想家がいる

だが
ヒトは人間に
ならなくてはならない

ヒトを
人間にするのは
かなしみ

胸が
打ち砕かれ
ひきさかれそうになる
悲しみ

隣人の痛みに
はげしく
心ゆさぶられる
哀しみ

喪った人を
いまここに
強く感じる
愛《かな》しみ

世に飛び交う
情愛の姿を
まざまざと映じる
美《かな》しみ

折り重なる
四つの色をたずさえた
おまえの胸にある
世に

ただ一つの
かなしみ

コトバ

手には
けして
さわりえないもの

肉眼ではとらえきれないが
どこからか迫りきたって
魂にふれるもの

人と人だけでなく
生者と死者とをつなぐ

秘められた言語

色　音　形
香り　律動にすら
姿を変じる

言語の壁を越えて　顕われ
絶望に打ちひしがれる者たちを
救いだすもの

生きる意味を奏でる調べ
文字はコトバの影
声はコトバの響き

それは　存在の深みを照射する
不可視な光
うごめく意味のかたまり

香炉

あなたが
わたしに
残してくれたのは
言葉の香炉

今までに
くれたもののなかで
もっとも
美しい贈り物

火を焚かなくても
いつまでも
薫りつづける
慰めの源泉

どんなに
離れた所にいても　あなたを
目の前に感じさせてくれる
魔法の置物

誰の眼にも
けっして映ることのない
二人だけの
秘密の扉

薬草

誰が命名したのか
言葉は
その名のとおり
植物のはたらきに
よく似ている
予期せぬ場所から
舞い降りて
人生の季節が変わったと
しずかに告げる

薬草が必要なときは
どんなに苦くても
ぐっとこらえて
とり入れなくてはならない
言葉も同じだ
苦い言葉も
あるときは
じっとこらえて
受け容れなくてはならない

薬草は
じっくり煎じてから飲む
効能が潜んでいるのは色素
薬効が　からだに浸透するにも

少し時間を要する
言葉も同じだ
隠れている意味の色を
時間をかけて　ゆっくり
味わい　感じなくてはならない

野に草を探す者の衣服は
いつも
土で汚れている
本当に
いのちをよみがえらせる草を
探す者は
身なりなど　まったく
気にしない

言葉を探す者も同じ

ときには　ひとつかみの
草を探すためだけに　山深く
分け入らなくてはならないように
たった一つの言葉を探すために
人生の長い旅に出なくてはならないこともある

すぐれた農夫は
樹木に実った果実を
ぜんぶ収穫したりしない
二割ほど　枝に残して大地に返す
そうしないと
土が痩せていってしまう

言葉も同じ
大切な気持ちも　すべてを書かずに
そっと心に還す
すると　ある日
予期せぬ姿となって
戻ってくる

旧い友

あたらしい友達で
日常をいっぱいにしてはならない
苦しいときも
じっと
かたわらにいてくれた
旧友の席がなくなってしまう

あたらしい言葉で
こころを一杯にしてはならない
困難のときも

ずっと
寄り添ってきた
旧《ふる》い言葉の居場所がなくなってしまう

言葉は
思いを伝える道具ではなく
共に生きる
命あるもの

だから人間は
試練にあるとき
もっとも大切な何かを求めるように
たった一つの言葉を探す

たしかな光明をもとめ
わが身を賭して
伴侶となるべき一語を
希求する

詩人

私のなかに詩人がいる
内なる詩人がいる

詩人は
私が話すと沈黙し
黙すと
静かに語り始める

詩人はこの世に
呻《うめ》きや嘆きによってだけ

表わし得るものがあることを
知っている

だからずっと
泣いていることもある

詩人は
あまり言葉を
信用していない
だから

ひとり黙って
祈ってばかりいることもある

読めない本

心を寄せるからこそ
なかなか
声をかけられない人がいるように
つながりを深く感じるから
容易に
手にとることができない
そんな本があってよい

言葉を交わすまえに
縁《えにし》を感じる人がいるように

読むまえに
自分を変える出会いだと
確信させる
書物があったとして
何の不思議があるだろう

強く思う人の
ふとした振る舞いにも
何かを感じるように
その本の佇《たたず》まいから
たった一つの言葉からでも
尽きることない意味を
くみとることができる

ようやく出会った
運命の人をまえに
はじめて　声を発するときのように
ページをめくるのが
ためらわれる
人生の一冊を
探せ

仕事

誰もが
生涯のどこかで
内に秘めた言葉を
誰かに
贈りたいと思っている

突然　口にしたら
驚かれ
笑われるかもしれない言葉に
いっぱいのまごころを込めて

相手の
胸の奥に
送り届けたいと願っている

容易に文字になろうとしない思いを
言葉に潜む
色をもちいて
心の画布に描きだすのは
詩人の仕事

そこには
真理を告げる
働きすらあると書き記すのは
哲学者の使命

それはときに
久遠の祈りへ
変じることさえあると語るのは
宗教者に託された
神聖なる義務

焔

あなたがくれた
一番美しいものは
まなざし

だまって
わたしをみつめるときに
瞳の奥に顕われるのは
いにしえの時代から
よみがえる
翡翠が放つような碧《あお》い

輝き

あなたがくれた
もっとも大切なものは
かなしみ

いつかはかならず
別れなくてはならないという
避けがたい
運命がもたらす
身を焼く　焔《ほのお》のような
緋の色をした
痛み

夏の花

はじめて
広島の街を訪れたのは
会社勤めをしていた
四半世紀以上前のこと
営業マンだった私は
商談のために来た

緑色の路面電車に乗り
あなたの詩碑が立つ
原爆ドームを遠目に見つめ

地面を踏んだとき
なんともいえず懐かしい
そう感じた

ある時期　あなたは
文藝雑誌を作っていて
編集部近くの部屋で暮らしていた
その場所から一分ほどのところに私は
もう長い間　暮らしている
越してきたとき
かつてあなたがいたことは知らなかった

亡くなるときあなたは
自宅から遠くない

西荻窪と吉祥寺の間にある
線路に身を横たえた
あなたも何度となく歩いただろう
その街に　私は
十余年も居をかまえていた
その頃は
かつてあなたがいたことなど知らなかった

でも　飢えを満たすように
あなたの言葉を読み始めたのは
三月に起こった　あの
大きな禍《わざわい》を経験してから

どうしても　あなたに会いたくて

「夏の花」に記されているとおり
生家から東照宮までの道を
八月に　秋に　肌寒い冬にも歩いた
回数を重ねると
遺書のような詩であなたが
何度となく
祈りを
よみがえる青葉を
謳わずにいられなかった気持が
少し　感じられてくるようにおもう

願うとき人は
大いなるものに
自らの思いを

伝えようとする
だが　真に祈るとき人は
まず　自らに沈黙を強いる
あなたのいう祈りは
何かを語ることではなくて
言葉を奪われた者たちの
声ならぬ声を聞くこと
生者が死者たちの呼びかけに
耳を傾けること

母と話していたとき
あなたの故郷を
懐かしく感じるというと彼女は
驚きもせずこう言った

あなたのおじいさんは
広島の人だから

知命に近くなるまで
まったく知らされなかったけれど
あなたが生まれ　愛した
あの場所の血脈が
私のからだにも
流れているようなのです

さくら

不知火海《しらぬいかい》の近くで
あなたは育ち
あるときから
体の自由をうばわれた
水俣駅前に
広大な工場を構える
あの会社が
流し続けた
有機水銀が
原因だった

さくら舞い散る季節の
ある日のこと　あなたは
思うようにならない躰《からだ》を
必死に動かして
縁側から　転げ落ち
地面をはって
一枚のはなびらを
指でにじりつけ
肘《ひじ》から血を出しながら
わが身に引き寄せようとした

あなたのお母さんがあとでこう
語ってくれました

「おかしゃん、はなば」ちゅうて
花びらば指すとですもんね
花もあなた　かわいそうに
地面ににじりつけられて
何の恨みも言わじゃった
嫁入り前の娘がたった一枚の
桜の花びらば
拾うのが望みでした

あなたが逝き
あの木も　いまはもうない
遠く離れた東京で
姿が見えないあなたといっしょに
薄紅色の

花弁を一枚　拾い上げる
わたしの手を動かすのは
あなた
無上の美を
発見するのも
いつも
あなた

わたしはただ
あなたが
彼方から
招き入れる
光のまばゆさに　いつも

畏れ　慄《おのの》いているだけ

見えないこよみ

こころには
誰の眼にも見えないこよみがあるのです
その人しか知らない
たましいのこよみ

時が過ぎ去るのは
この世のこよみ
でも　内なるこよみは違います
けっして過ぎ去らない日があるのです

そこには必要なことが
目に見えない文字で書いてある
昨日の場所には
こんな言葉がありました

怒りは炎
わたしが　わたしでなくなりそうになるとき
心に湧き上がり
他の人へと飛び移る

こころが
怒りでいっぱいになるのは
わたしが
だれかのことばかり見ているとき

からだがこわばって
身動きがうまくとれなくなるのは
わたしが自分であることを
うまく受け入れられないとき

でも　怒りが消えるのは
許せない
そう感じる人のために
ひとり　静かに祈るとき

どうしてそんなことを
しなくてはならないのかと思いながらも
ゆっくりと

たましいの扉を開くとき
小さな隙間から入ってくる
微《かす》かな光
それが燃えさかる
怒恨《どこん》の火を打ち消すのです

悲願

生まれよ　言葉
わが胸を　打ち破りて
出でよ
この　小さき身に潜む
滅びることなき
命のありかを告げよ

語れよ　言葉
わが身を用いて
広がり

力を伴いて　顕われ
苦しむ者たちに寄り添い
生きる意味のありかを告げよ

響けよ　言葉
わが魂を
突き抜け
真の歓びは
深き悲しみの果てにあることを
うめく者たちに告げよ

歓喜

忘れがたい
歓喜の経験を語れと言われたら
わたしの心はすぐに
あの微笑ましい　小さな出来事を
思い出そうとする

だが　わたしの魂は
探し求めていた　本当の歓びが
耐えがたい
悲しみの彼方にあったことを想い出せと

穏やかにつぶやく

身を裂かれるような
悲傷《ひしょう》のなかでお前は
美も愛も　真の一端さえも
はじめて知ったのではなかったかと
細く　静かな声で語りはじめる

邂逅

人は
さっき
会ったばかりの人とでも
喜びあえる
だが
悲しみは違う
大切な人とは深く
悲しみを分かち合うとよい

別れとは

真に出会った者にだけ
起こりえる
稀なる出来事
相手を喪うとき
たえがたい痛みを
背負わねばならないことを
今を　いつくしみながら
幾度でも
語り合うのがよい

身が砕けそうになるほど
悲しまなくてはならない人に
めぐりあう
これ以上のよろこびを　おまえは

いったい
どこに探そうというのか

悲しさを語るな

悲しさを語るな
悲しみを語れ

悲しさの度合いではなく
お前が背負った
世にただ一つの
悲しみを語れ
それだけが
還らぬ者への呼びかけになる

苦しさを語るな
苦しみを語れ
強き光を放つ
苦痛を語れ
その営みは
生きる意味の顕《あら》われとなる

愛を語るな
愛する人を語れ
お前よりも　お前の魂に近い
その人を語れ
それは未知なる
お前自身を語ることになる

聖女の遺言

マグダラと呼ばれる場所に
生まれ
七つの苦しみを背負い
生きることを
あきらめようとしていたとき
あの方は
何のまえぶれもなく
現れました

その心は

風雨のあと
緑の葉にしたたる
水滴のように清廉《せいれん》で
長く地中に
隠されていた
水晶のように
純潔でした

思いは
抱かれることで
祈りに変じ
語り始めると
放たれた言葉は
光となって

悲嘆を生きる者たちを
慰めました

その姿は
暁《あかつき》の陽よりも明るく
湖面の翠《みどり》よりも鮮やかで
暗き夜の静寂《しじま》よりも深く
黄金の香りを放ち
雨後の空
高くから差し込む光線のように
荘厳でした

縫い目のない白布は
まとわれることで

天衣と化し
草花で染められた色は
からだにふれると
輝きに変じ
あるとき世界は
その姿を囲む額縁となりました

もっとお伝えしたいことはあるのです
でも
書く力が残っておりません
ヨハネが記しているのは本当です
イエスの行われたことは
ほかにもたくさんある
その一つ一つを書き記すなら

世界さえ　その書物を収めきれはしないだろう

少し長く生きすぎました
そろそろわたしも
あの方が残してくださった
悲しみという
道しるべをたどって
仲間たちのいる
彼方のくにへ
赴くことになるようです

天来の使者

大切なことは
ひとりのときに
誰も聞いてくれない
そう感じながら
銀色に光る
虚空に向かって
語るがいい

天使が記録するのは
いつも

孤独なつぶやき

生者だけでなく
亡き者たちの胸を
烈しく
ゆるがすような
熱き言葉を
空高く
放つがいい

言葉の舟

おもいを
言葉の舟にのせ
こころを流れる
涙の河に浮かべよ
あとは 七色の
光の風に託すがよい
いつか 必ず
念じた相手に
届くだろう

おもい　それは
けっして壊れることなく
朽ちることなきもの

誰もそれに
ふれることはできず
奪われることなきもの

世に二つとなく
お前のこころからしか
生まれ出ないもの

おもいを
言葉の舟にのせ

こころを流れる
かなしみの調べに浮かべよ
あとは　深緋《ふかひ》色をした
祈りの風に託すがよい
いつか
彼方の世界にたどりついて
還らぬ者たちにも届くだろう

言葉の護符

愛する者に
何かを捧げたいと願うなら
言葉を贈れ

断崖から
手を突き伸ばして
ようやく
つかみとった
一輪の花のような
美しき言葉を贈れ

悲しむ者に
何かを渡したいと願うなら
言葉を贈れ
踏まれても育ちつづける
野草のような
壮《つよ》き言葉を贈れ

弱き者に
何かを送り届けたいと願うなら
その人を
永遠に守護する
言葉の護符を贈れ

騎士

いつも君のかたわらには
いられない
だからぼくは
言葉を紡ぎつづける

君が
苦しいとき
悲しいとき
迫りくる不安に
押しつぶされそうになるとき

部屋でひとり
ひざをかかえて　涙をながすとき
離れた場所にいても
言葉が
そばにいられるように

君におそいかかる
試練の火にも
燃え尽きることのない
強靭な言葉のためならば
わが身をささげてもかまわない

ぼくは弱い
だから

鋼鉄の甲冑を着た
騎士にはなれない
でも　ぼくの
胸をつんざいて
生まれた言葉はちがう

それは
目に見えなくても
いつ　どんなときも
君を守りつづける
藍色の旗を掲げた
不滅の騎士団

青い花

心に
悲しみの花を咲かせよ

身を打ち砕くような
嘆きはいつしか
種子になり
たましいに根を張るだろう

胸を流れる
見えない涙は

渇くことのない水となり
ほの暗い場所で
静かに育つ若い芽は
光の淵源を指し示す

あふれでる芳香は
天界への供物となり
亡き者たちの
こころをつつむ

心に
悲しみの花を咲かせよ

その　青き花は
いつの日か
耐え難い苦しみを生きる
お前自身をも救うだろう

あとがき

詩を本当に読むようになったのは、厄年を越えてからである。それまでは、興味や関心の赴くままに手にするだけで、詩を愛するということがなかった。

世に詩人として記憶されている人々の作品に義務感のような思いで接していた。それは、世間が狭くなってはいけないから、若いうちになるべく多くの人に会い、ためになる話を聞きなさいと言われ、他者に向き合っていたようなものかもしれない。

こうしたときは、役立つ人生訓で頭がいっぱいになるが、自分の人生はいっこうに始まらない。人生訓はあくまでも、人生を生きる者の道しるべで、道を歩こうとしない者にはほとんど役に立たない。

しかし、ある出来事を境に私のなかで詩への向き合い方が一変した。東日本大震災もその一つだが、私の身の上に起こった、いくつかの個的な事象もある。詩は、あった方がよいものではなく、なくてはならないものになった。

かつては、文字を目で追い、意味は頭で理解しようとしていた。だが、今は目の奥にあるもう一つの眼で色を見、胸で音を感じ、心でそれを食している。

言葉は心の糧《かて》だというが、ここには単なる喩え以上の意味が潜んでいる。私たちの肉体が食物を欲するように、心は糧を必要としている。さらにいえば、心の奥にある、たましいと呼ばれる場所はつねに、語意の奥にある無音の響きを希求している。

この本に収められた詩が生まれてくるのに立ち会いながら、しばしば思い返していたのは宮澤賢治の「無声慟哭《むせいどうこく》」と題する詩だった。詩というよりも、その題名そのものだといった方がよいのかもしれない。

「慟む」は「いたむ」と読む。それは「悼む」と同義だが、「慟」の文字の方が、心の揺れ動くさまがいっそうはっきりと示されている。「哭」は「犬」の文字があるように、人が獣のように哭《な》くことを指す。

こうした行為に賢治は「無声」という言葉を重ねる。本来ならば、天地を揺るがすような声で哭くはずなのに、声が出ない。哭くことが極まったとき、人は声をうしなうというのである。

同質の現象は声ばかりではなく、涙においても起こる。悲しみの極点に達したとき、目に見える涙は涸れ、その心を見えない涙が流れることがある。悲しみの底を生きている人はしばしば、声に出して哭かず、涙を見せず暮らしている。

詩のようなものを書き始めたのは大震災のあとだった。本を書き上げると、そこに書き記すことができなかったものをノートに書くようになっていった。詩を発表するなど考えたこともなかったから、ここに生まれた言葉は、不可視な隣人たちによって読まれればそれでよいと考えていた。

もう四年になるが、「読むと書く」という少人数の講座を行っている。その名のとおり、本を読み、書く、という場だが、そこでこれまでにおそらく、のべ数百の、参加者たちによる詩を読んできた。その場では、世に詩人として知られる人々の言葉とは別種の、切実な、また切迫した、だからこそ美しい言葉に幾度となく出会うことができた。内なるおもいを表現するにはいつも勇気がいる。数えきれない詩を通じて、幾多の勇敢なるたましいに邂逅してきたようにも思う。こうした交わりはいつしか、私のなかにいる詩人をも目覚めさせてくれた。ある日、確信に似た強い思いが全身を貫いた。人は誰も、どんな境遇にあったとしても、内に、見えない一冊の詩集を宿していると感じるようになった。誰の心にも内なる詩人はいる。詩人は私たちがその存在を忘れているときでも、目には映らない文字で心のなかで詩を生み出している。

> 私は詩を思ふと、烈しい人間のなやみとそのよろこびとをかんずる。
> 詩は神秘でも象徴でも鬼でもない。詩はただ、病める魂の所有者と孤独者との寂しいなぐさめである。
> 詩を思ふとき、私は人情のいぢらしさに自然と涙ぐましくなる。

詩集『月に吠える』の序文に萩原朔太郎が記した言葉である。

人は、自分の心が求めている言葉を自分で書くことができる。そうした力は誰の内にも眠っている。詩を書くのは美しい作品を世に放つためではない。自らのたましいに自らの手でふれるためだというのである。

朽ちることのない慰めを求めて歩く人の姿は、別な道を歩く者の励ましになることがある。ひとすじの道を歩くという素朴な行為が、どんな別の行いにもなし得なかった深い慰藉《いしゃ》を送り届けることがある。

詩は、詩人が生むように考えられているかもしれないが、それは表層の現象に過ぎない。詩の言葉は、詩人に帰属しない。むしろ、言葉は詩人の手を離れることによって詩となる。十年の歳月を費やして『ドゥイノの悲歌』を書き上げたとき、リルケは自らを支えてくれたタクシス夫人に、こう書き送った。

わたしはここまで堪えてきました。あらゆることをくぐりぬけて生き抜いて来たのです。あらゆることをくぐりぬけて。そして必要だったのはこれだったのです。ただこれだけだったのです。

一つの悲歌は、カスナーに捧げました。ですが全体は、あなたのものです。侯爵夫人、どうしてそうでないわけがありましょう。題は、

『ドゥイノの悲歌』

この本に献辞は書きません。——初めからあなたに属している物を、あなたに

差し上げることはできませんから——

これまでは憧憬の対象に過ぎなかったこうした光景は、今、私の小さな現実になっている。詩を書く者は、詩を創りだす者ではない。どこからかやってきた詩のかたちをしたおもいを引き受け、それを定められた場所に運ぶのが役割なのである。

言葉はときに消え入りそうないのちに火を灯すことができる。私が運ぼうとする言葉に、もし、そうした力があるとすればそれは、私にそれを託した者からもたらされた恩寵《おんちょう》である。そのことを一度なりとも想い出していただければありがたく思う。

書物を世に送り出すのは、複数の人間による協同の仕事だ。そこに集った者たちは言葉によって、さらに言えば言語を超えたコトバによってつながっている。

編集者、校正者、装丁家、印刷所、あるいは出版社の営業担当者、書店に立つ人々の行いが一つの通路になったとき、言葉は読み手のもとに届く。この仕事に携わっていることを誇りに思う。

亜紀書房の内藤寛さんは詩集の出版という困難な道程における最初の同伴者として歩き出してくれた。校正者の牟田都子さんは変わらぬ誠実な仕事によって参画してくれた。心からの感謝を送り、この本の誕生を共に喜びたい。

装丁家の名久井直子さんとは二度目の仕事だが、彼女の装丁による詩集に携わることは、あるときから私の密かな念願だった。

あるとき、谷川俊太郎さんと彼女の講演を聞く機会があった。関係者の方が、講演後に紹介すると伝えてくださっていたのだが、話を聞きながら、自分の仕事はまだ、ここで語られている境域に達していないと強く感じ、逃げ出すように帰路についたのを覚えている。この詩集が、その欠落を少しでも埋めてくれるものであったらと願わずにはいられない。

書き手として活動し始めたのは二〇一一年からで、本業は仲間と薬草商を営むことで、創業から十五年になる。最近は講座の運営も行っている。私にとって書くことは、個の営みであると同時に、同僚たちとの共生の営みである。この場を借りて彼、彼女らにも深謝の意を表したい。

二〇一七年三月三十日

若松　英輔

「さくら」には石牟礼道子の「花の文を―寄る辺なき魂の祈り」から、
「聖女の遺言」には『新約聖書』「ヨハネによる福音書」からの引用がある。

初出一覧

「悲しみの花」（原題「青い花」）、「詩人」、「悲しさを語るな」、「楽園」、「言葉の護符」は、『片隅03』（伽鹿舎・二〇一六）に発表された。

本書への収録に当たって、改題、大幅に改稿したものもある。

そのほかの詩は書き下ろし。

若松英輔（わかまつ・えいすけ）

批評家・随筆家。一九六八年生まれ、慶應義塾大学文学部仏文科卒業。二〇〇七年「越知保夫とその時代 求道の文学」にて三田文学新人賞、二〇一六年『叡知の詩学 小林秀雄と井筒俊彦』にて西脇順三郎学術賞を受賞。著書に『イエス伝』（中央公論新社）、『魂にふれる 大震災と、生きている死者』（トランスビュー）、『生きる哲学』（文春新書）、『霊性の哲学』（角川選書）、『悲しみの秘義』（ナナロク社）、『生きていくうえで、かけがえのないこと』『言葉の贈り物』（共に亜紀書房）、志村ふくみとの往復書簡『緋の舟』（求龍堂）など多数。

見えない涙

二〇一七年五月二六日　初版第一刷発行
二〇一八年五月二三日　第三刷発行

著者　若松英輔
発行者　株式会社亜紀書房
郵便番号　一〇一-〇〇五一
東京都千代田区神田神保町一-三二
電話　〇三-五二八〇-〇二六一
振替　00100-9-144037
http://www.akishobo.com

装丁　名久井直子
印刷・製本　株式会社トライ
http://www.try-sky.com

ISBN978-4-7505-1498-7
Printed in Japan

若松英輔

詩集　幸福論

幸福はどこにあるのか?
幸福の小さなきらめきを静かにつむぐ。待望の第二詩集。

1800円＋税